외로 선 작은 돌탑

책 만 드 는 집 시 인 선 202

외로 선 작은 돌탑

곽종희 시집

책만드는집

| 시인의 말 |

상큼한 시재 따다 고명으로 얹어놓고
무척 달뜬 수저질로 자밤자밤 버무려요

무엇이 문제일까요
메지메지 겉돕니다

뜨막한 말의 지문指紋 수소문 끝 끌어다가
꽤 찰진 이내 감성 양념 삼아 뿌립니다

아직도 텁텁합니다,
무딘 입맛 탓인가요

가슴과 손끝 사이 거듭된 헛손질 뒤

아차차

그 꼬소한 말부림이 빠졌군요

이제야 제맛입니다,

한술 드셔 보실래요?

2022년 8월

곽종희

| 차례 |

1부 어머니의 동안거

2부 염포만 크로키

3부 여풍 당당

4부 자장매 설법

5부 뉴노멀을 읽다

1부

어머니의 동안거

이불에 대한 소고小考

빨강 초록 비단결이 켜켜이 잠을 자도
정작엔 사십 년 된 낡은 이불 덮는 엄마
기실은 지난날들을 버리기 싫은 거다

아부지 미운 정을 촘촘히 누벼 넣고
자식들 보고픔도 땀땀이 바느질한
숨 죽은 그리움 한 채 덮고 사는 것일 게다

낡은 이불 한 채에 삐져나온 발이 열 개
흩어진 그 발들을 다독이는 꿈속에는
옥양목 시린 홑청이 서걱이고 있겠다

어떤 하룻밤

뒤에서 끌안는다, 볼품없이 강마른 등
순간 놀라 흠칫하며 와 이카노 웃으시는
그 눈빛 허공에 닿아
끊어질 듯 이울고

어무이요 가끔씩은 아부지가 그립니꺼
하이고 싱거븐 소리 안 자고 와 이래쌓노
좋아서 더듬는 손길
이내 잦는 숨소리

오랜만에 누워보는 그 곁이 아파와서
마루 끝 나와 앉아 지난 기억 더듬을 때
어머니 살아온 시간,
달빛이 보듬는다

시래기를 삶으며

처마 밑 흔들대며 바싹바싹 말라가는
질겨진 아집들을 오래도록 삶습니다
까마득 잊힌 기억이
뽀글뽀글 솟습니다

수돗물로 배 채워도 함께여서 힘이 나던
출출한 밥상머리 덩그러니 놓인 성찬
된장에 버무린 손맛
어머니의 시래깃국

앞만 보고 달린 길을 이제야 돌아봅니다
다 잊힌 유년처럼 다시 산 마른 잎이
텁텁한 입맛 돋웁니다
바로 이 맛
완경完經입니다

꽃비는 내리고

며칠을 더 버틸까 간절한 바람에도
한 생의 조각들이 고빗길 넘어간다
이따금 멈추는 발길
바람이 등 떠밀고

빠져들지 않으리라 다짐도 속절없어
눈시울 느루 적시는 꽃들이 남긴 유서
열렬한 사랑의 끝엔
왜 늘 아픈 이별인지

나비처럼 간다면야 가뿐히 잊어주마
이 생의 기억들은 낮달로나 걸어두고
저무는 산길에 앉아
나도 지는 어느 봄

보름밤에

아프지 말라는 말
그 말이 더 아파서

산보다 더 큰 너를
숨길 방법 당최 없어

달빛에
널어놓은 채
하소하고 있었어

유리창에 내리는 비

투명한 절벽 위로 비가 뛰어 내린다
까무룩한 기억 모아 흘림체로 쓰는 유서
말리던 하늘이 놀라 불호령을 내뱉고

너와 나 열린 공간 차단막이 생긴 이후
문득문득 들이치는 꽤 낯선 비의 행로
젊은 날 깨진 언약들 불현듯 쏟아낸다

닻 내린 또 하루가 불면인 채 뒤채인다
얕은 잠 속 얼핏 듣는 끊임없는 노크 소리
일어나 쪽문을 연다 온몸 그를 맞는다

어머니의 동안거

일주일 두 번 가는
일자리도 뚝! 끊겼다

목소리 큰 TV 소리
문지방을 넘어서고

숨죽인
전화벨 홀로
목을 놓아 울었다

반달

둘로 쪼개 나눠 가진
외쪽의 청동거울

보고픈 마음 달래 닳도록 닦았는데

하늘에
걸어놓아도
찾아오질 않으니

틈

성글게 짠 툇마루에 어머니가 앉으셨다
더께 앉은 시간 속엔 건널목이 생기는지
끝 모를 블랙홀 속으로
기억들이 새고 있다

컴컴한 심연의 틈 별살 겨우 숨 트는 날
손 꼭 잡고 눈 맞추고 속내도 비춰보다
어쩌지 못하는 나는
웃다가도 목이 메고

감물 든 잎 다 떨어져 떠나실 때 다다르면
걸음마저 서툴러서 저 너머 길 잘 가실까
또다시
거친 어둠이
시곗바늘 멈춘다

?

그대가 건넨 떡밥
사랑인 줄 덥석 물다

아차차 싶은 순간
제대로 코를 꿰인

거꾸로
뒤집어 봐도
미늘이 된 사랑아

양남 주상절리

가슴 열 용기 없어
그대 곁만 배돌다가

누천년 기다림 끝
끙끙대며 신열 앓다

끝내는
가슴팍 젖혀
절부채 된 내 사랑

억새, 홀로 서다

잘 벼린 칼날 되어
찰나에 긋고 갔다

서슬 퍼런 칼바람에
관절염은 깊어가고

휘우듬
목울대 감는
붕대 같은 달빛 선율

속바람 든 무처럼
해묵은 골다공증

덜 여문 기억조차
삭신을 이탈하고

동심원

나이테마저

그릴 새가 없었다

검정 봉지 속사정

바리바리 싸서 주신 귀향길 반봇짐에
아껴두신 씨감자가 반갑게 날 맞는다
진즉에 물렸다는 말 목울대에 걸리는데

이밥은 못 먹여도 배곯게는 않겠다던
어머니 모진 다짐 버짐같이 번진 날에
그 속내 모르던 나는 양지 녘에 쪼그리고

베란다에 처박아 둔 봉지에서 싹이 났다
쭈글쭈글 몸피에서 피워낸 어린싹이
죄송한 느낌표 하나 나 대신 치켜든다

2부

염포만 크로키

처용, 섬에 눕다
–처용암

시퍼런 파도 소리 신화를 들깨운다
원시를 꿈꾸는 듯 에둘러 선 동백나무
섬 주위 장막 드리운 채 그날을 되짚는다

역마의 달빛 끼고 처용 그리 노닌 날에
돌아 나와 추는 춤이 춤이기만 했겠는지
바람이 파도의 멱살을 험상궂게 흔들고

메숲진 섬에나마 그대 흔적 남았을까
송유관에 뒤덮인 순례의 저 길 너머
난바다 소실점 뚫고 야사 한 편 떠 있다

화엄 동산

찾지 못한 꽃입니다 숨어 피는 보살의 꽃

일체가 유심조라 마음에 달렸다죠

불두화 환한 길 따라 장경각에 오릅니다

진흙탕 구르면서 연꽃 찾아 헤맸지요

눈에 뵈는 이 꽃 저 꽃 욕심으로 기웃대며

무량겁 쫓아다녀도 보지 못한 육바라밀

십육만 도자 경판 화엄의 꽃입니다

하나 안에 전체 있고 티끌 안에 우주라니

미로 속 일승법계도, 문득 나를 깨웁니다

가을 산사

바지런한 가을이 산사를 기웃댄다
그 빛깔 뽐내느라 적요寂寥마저 쑤석대다
산문 밖 잡다한 얘기 귓전으로 넘기고

모습 가린 영축 능선 구름 훨훨 벗는 사이
길가엔 황금색의 은혜로운 나락 빛깔
풀잎의 붉은 음계가 실바람을 타고 간다

구절초 쑥부쟁이 넘쳐나는 산국 향기
이내 안 날뛰는 소 백팔배로 고삐 잡고
산빛에 물들어 간다 버릴 것은 버리고

봉발탑

가진 건 낡은 육신
밥그릇과 헌 옷 한 벌

미륵이니 후생이니
밥보다 더 나을까

바리때 노숙의 시간
적멸의 꽃 피운다

통도사 호혈석에 스미다

응진전 귀퉁이에 붉은 돌 놓인 자리
학승을 사모하다 뜻 못 이룬 여인 넋이
꽃잎에 색이 바래듯 지난 얘기 새겨놓고

넘을 수 없는 산문 속울음만 삼킵니다
해와 달, 거리만큼 안타까움 더해갈 때
쌓아온 돌탑의 둘레
스쳐 가는 풍경 소리

담장을 기웃대는 까치발의 목백일홍
함부로 그리워한 원죄를 징거맨 채
무겁던 마음 다잡아 발길 다시 돌립니다

항아리 보살

영축산 골짜기에 새처럼 앉은 암자
그곳엔 천 명 넘는 여인들이 있습니다
펑퍼짐 매무새로도 묵언 수행 한창입니다

낮에는 해를 품고 밤이면 달을 안고
곰삭는 속내만큼 삶 또한 편해질까
누름돌 앉은 자리 밑 나도 함께 앉습니다

가만히 귀를 열고 그 속사정 듣습니다
시집살이 매운맛도 짜기만 한 지난날도
푹 익어 제맛 납니다, 한 소식 전합니다

히말라야의 바람

–영봉 스님 영전에 바침

길 없는 길을 가던 고독의 자유인

장천 하늘 한 조각 구름으로 흩어져

진언은 홀씨가 되어 메아리로 퍼집니다

지금은 어찌하여 와불로 계십니까

소리 없는 소리를 이제는 들었습니까

바람 센 사유의 길을 회향하신 부처여!

흔적 없는 바람으로 히말라야를 그립니다

가신 곳 서쪽인지 오실 곳 동쪽인지

분별이 없어지는 날 화신불로 오소서

임동 수몰 지구

휘돌던 골목길이 난데없이 가라앉고
솟을대문 고가古家는 동산 위에 진을 친다
학교터 지문을 찾다 물 파장 흔들릴 때

쇠죽솥에 불 지피며 못 떠나던 노부부는
이생의 그 어디쯤 배돌다 가셨는지
또다시 생겨난 마을 필연처럼 일떠선다

경계 사뭇 높이 올려 물의 등 떠밀어도
정보화 홍수 속에 난 버려진 수몰 지구
우체국 같은 이름이 부표처럼 떠오른다

두들마을에서

마알간 하늘가에 닿을 듯한 처마 지붕
시간에 불타버린 낡은 빈집 있었더라
가만히 대문 밀치니 적막만이 날 반기고

집 한 칸 얻기 위해 평생을 뛰던 이들
빈 걸망 같은 짐을 마루 턱에 풀어놓고
홈 패인 시간 너머의 고향 집을 생각하지

거슬러 오지 못한 물길 같은 회한이
구멍 난 창호 문에 그림자로 남을 때
낙기대 꿀밤 떨어지며 툭 하는 득음 소리

염포만 크로키

웅크린 가마우지 털 고르는 이른 새벽
공단은 쿨룩쿨룩 밭은기침 뱉고 있다
자욱한 안개 가르며
들려오는 망치 소리

연이은 정리해고, 빗장뼈가 부러진 달
퉁퉁 부은 몸으로 와 처용 어깨 두드릴 때
양수를 터뜨린 배가 첫발자국 내딛고

근육질 해안도로 사금파리 반짝인다
무저갱 속 빠졌어도 주저앉을 수는 없어
동살을 동아줄 삼아
발밤발밤 길 나선다

달성공원

보리문디 사투리가 귓바퀴를 간질여요
귀청은 예민해서 발걸음을 잡아채죠
아직도 달성 못 한 달성,
눈앞을 막아서요

무채색 그림자가 공원 안에 스며요
사라진 노병들이 양지 녘에 둘러앉은

한때를 휘젓던 노도,
가슴팍을 후벼요

행동은 굼뜨면서 말만 앞선 세상사가
박제된 이내 기억 되살릴 수 있을까요
끝내는 포기 못 한 달성,
노을이 꼭 안아요

하구

뿌리째 흔들리던 바람마저 삭아질 때
달리던 발길을 한 호흡 돌려본다
몽매의 밤길을 걷다
돌아온 탕자처럼

종점도 다시 보면 출발점이 되어 있고
비로소 연기 없이 노을로 타고 있는
유폐된 우리의 삶도
여기서는 시작이지

어느 섬에 닿더라도
거슬러 가진 못해
물살의 언저리 흐르고 흘러가서
강에서 멀어질수록 가까워진 꿈 하나

밤사이 내린 별을 결 곱게 갈아 만든
금물빛 물비늘로 시 한 수 그려 넣고

갈대꽃 묶은 붓으로
경전 한 줄 쓰는 강

까마귀 군무群舞

해 지자 태화강에
총동원령 내려졌다

러시아 몽골 초원
비자 없이 떠돌다가

몰려온
디아스포라
십리대숲 점령한다

3부

여풍 당당

시작詩作, 시소 타기

감성과 지성이 시소 위에 앉아 있다
팽팽한 힘겨룸 끝, 갈 길 몰라 헤매는 펜
한 자도 못 메운 여백
낯빛 사뭇 창백하다

수다와 침묵 사이 평작과 가작 사이
가슴에게 길을 물어 기울기를 조정할 때
곰삭은 한 줄의 생각
그마저도 날아가고

버겁다 내팽개친 삶의 무게 그러안고
머리 질끈 동여맨 채 눈귀 곧추 세울 순간
때맞춰 시소가 기운다
원고 하늘 닿는다

여풍 당당

장옷을 벗어 던진 그날부터 진화했죠
연애하듯 일한다는 신세대 생활 백서
그녀들 버킷 리스트
날마다 채워져요

현모양처 역할만이 천직이던 나달 딛고
배도 살짝 집어넣고 머리 갈색 물들여요
나이가 뭔 상관이죠,
킬힐 걸음 불사해요

화장 시간 줄여가며 시린 무릎 숨겨가며
무저갱 헤쳐 나와 행군하는 저 여인들
여자란 그 빛나는 이름
뇌리 속에 새겨요

필사하다

내 가슴엔 말이 없어
남들 울릴 말이 없어

현실과 상상 사이
엿보다 찔러보다

아! 당신
밤새 끙끙댄
정체불명 저 열병

시간 도둑

누군가 하루해를 슬그머니 훔쳐 갔다

짐작 가는 용의자들 줄지어 앉았는데

불현듯 내가 잡힌다

내 이름은 스몸비

불씨 하나 묻어두고

옹색한 햇살조차 허방 좇아 비켜 가고
얼음장 냉가슴에 금이 간 그대 위해
투박한
질화로 속에
불씨 하나 묻습니다

고시원 삼각김밥 허기마저 외면해도
빗장 걸린 취업 문턱 열릴 날 비손하며
저저금
등 밝힙니다
블랙홀도 환합니다

오답 노트

삼십 년 늦은 공부 날마다 끙끙댄다
찰고무 지우갠지 외우면 지워지고
한 귀로 들어왔다가 다른 귀로 나가네

국어는 자신 있다 장담하고 치는 시험
여보가 감탄사네 대명사 아니었나
한글이 쉽다고 말한 세종대왕 탓만 했네

간밤에 자고 간 놈 평생 잊지 못한다는
잡스런 글이라서 잡가라고 찍었더니
어이쿠, 시조 쓴다며 사설시조 모르다니

먼 길, 後

폰 안에선 한 뼘 거리
만나려면 천 리 먼 길
올올이 풀던 매듭
실마리가 사라진다
떠돌다
돌아온 어둠
안개마저 깔리고

지는 낙엽 바라보다
문득 보인 당신 허기
남은 흔적 지운다고
모르는 사이 될까
괜스레
보고 또 보는
소식 없는 전화번호

퇴고

콩깍지 벗겨내고
넋 잃은 말 들깨운다

밥 먹듯 뜸 들이듯
터진 솔기 꿰매듯

끝내는
바위를 뚫어
새겨지는 불립문자

문콕

위험하다, 문을 열면
무방비로 다가온다

거리 재는 심장 끝에
눈초리가 매달리고

너와의
깊은 상처도
가까워서 생긴 일

우리 이혼했어요

금요일 TV 프로, 남의 일 같지 않죠
둘이 서로 변치 말자 하늘 걸고 맺은 언약
포물선 편안한 각도
소실점에 닿았을까

내 욕심은 핑계 속에 교묘히 묻어두고
네 잘못은 다 까발려 굳은 약속 허물 때
둥지를 틀지 못한 원앙
눈자위만 붉어지고

너와 나 점 하나가 경계를 나눈 사이
하찮은 그 점 하나 밖으로 찍지 못해
기어코 네 탓만 하다
루비콘강 건너는,

계절의 뒤란

여러 해 굳은 옹이 담담하게 품은 시간
아스라한 기억 너머 문패가 된 이름 하나
아직도 오도카니 앉아
꽃 피는 날 기다린다

봄 오면 만나자던 헛된 약속 굳게 믿고
오는 비 다 맞으며 기억 한 줄 되짚지만
저만치 안개 속으로
멀어져 간 그 사람

도리머리 치는데도 가슴 그예 시린 날은
실낱같은 꿈이라도 옹골차게 움켜쥐고
떨리는 문풍지 같은
내 안 소리 듣는다

하산하다

–방송대를 졸업하며

비대면 메타버스 플랫폼 게더타운
팬데믹이 가져다준 가상의 공간에서
우리는 이별 아닌 이별,
눈물 없이 헤어져요

나는 이제 어디로 흘러가는 것일까요
시험처럼 남아 있는 걱정도 졸업해요
감사와 아쉬움 사이
사연은 다 달라도

설원의 처녀지를 완주한 등반의 길
세상 밖은 두렵지만 갈림길은 익숙해요
역경을 경력으로 쓴
늦어버린 졸업장

옷가게, 희망사항

문 없는 문이 열린 여성 의류 매장 입구
삼십 년째 지켜 섰다, 마네킹 여인 몇이
철없이 버티는 계절 목덜미가 켕기고

재갈 물린 배꼽시계 제 목소리 되찾을까
어쩌다 한 마수걸이 먹장구름 몰고 와도
창백한 조명 밑인들 희망마저 꺾을까

유리창을 넘나드는 햇살의 발길 따라
한나절 만이라도 엿보는 탈옥의 꿈
아서라, 그게 삶이다
바람, 어깨 주무른다

유주, 우주를 깨우다

무지개가 걸린 동녘 아기 울음 막 터진다
고사리손의 손놀림에 샛별도 눈을 뜨고
옹알이 소리에 맞춰
고개 드는 꽃들, 꽃들

표정 없던 할아버지 하회탈 연신 쓴다
뒤집기 한판승은 안 배워도 식은 죽 먹기
어느새 짚고 일어나
첫발자국 내딛는

고 까만 눈동자엔 하늘이 들어 있다
캄캄한 세상 밝힐 연둣빛 새싹 하나
날마다 보는 사진 속
꽃대 쑥쑥 올린다

4부

자장매 설법

은행나무 고서古書

오백 년 얽힌 설화 눈으로 읽는 내내
담장 밑 수북 쌓인 편년체 은행잎들
잰걸음 길손을 맞아 고서 정리 바쁘다

책장을 뒤적이다 각주를 다는 바람
쓰다 만 행간 위로 무딘 붓끝 세울 때에
보름달 길을 터준다
둥근 등 환히 밝혀

백 년도 못 살면서 아등바등 사는 사이
점자로도 읽지 못해 잠시 접은 우화羽化의 꿈
어둠 속
질라래비훨훨
노랑나비 날고 있다

걸어가는 성자

맨발의 가로수가 탁발하며 걸어간다
털어낸 상념들을 대못 치듯 옹이 박고
불현듯 돋은 곁가지 설한풍이 톱을 댄다

하늘 끝 맞닿는다, 심지 곧은 무한 외길
한 장 한 장 쌓여가는 나이테 경經 저 너머로
낮게 뜬
눈 침침한 낮달
돋보기 꺼내 들고

누군가 읽다 말고 내팽개친 법문 위로
발자국들 몰려나와 추근대며 짓밟아도
득도한 메타세쿼이아
덥석 그를 안는다

복사꽃 서사

핏기 잃은 가지마다 푸른 싹이 돋습니다
끝끝내 참지 못한 속내의 표출일까요
앙다문 입술 사이로
온갖 하소 듣습니다

속에 품은 누군가를 잊기 어디 쉬운가요
시간이란 지우개가 아슴아슴 지워가도
때 되면 꽃숭어리 피듯
앞다퉈 다시 핍니다

앞섶을 적신 눈물 세상 홍건 젖습니다
취하면 잊을까요, 잠들면 잊을까요
만산에 퍼진 그녀가
두 볼을 붉힙니다

경칩 무렵

– 영화 <동사서독>

해마다 봄이 되면 시간의 재 다시 핀다
복사꽃 그 향기가 또다시 살아오듯
그늘 속 깊이를 모를
무채색의 꽃이 핀다

인간의 번뇌는 기억 때문이라고
누군가를 가슴에 들이고 산다는 것
가질 수 없을지라도
잊지는 말자던 말

산 아래 있을 때는 산 너머가 궁금하고
사막에 있을 때는 사막을 보지 못해
이제는 서로 멀어져
기억마저 아득한

세상을 적시던 비 눈물에 보태진다
취한 듯이 살다가 꿈꾸듯이 죽는다면,

먼 곳에 벗어둔 마음
꽃 내 설핏 스친다

동백

바람아
어쩌자고
오목가슴 깨웠느냐

새빨간 연미복을
그대로 입은 채로

단호히
자결을 택한
너는 슬픈 베르테르

홍매 기별

물기 젖은 이내 속을
바람 편에 부쳐놓고

알 듯 말 듯 당신 속내
겨우내 읽고 있다

세상의
모든 그리움
너에게로 터지고

저 경이驚異!

시간이 펄럭이며
바람 결 지나더니

때죽나무 놀라서
귀 쫑긋 세우더니

말뚝도
꽃 피웠다는
풍문들이 무성하다

산사 소묘

형체 없는 생각이 그물에 걸린 날은
바람이 읊조리는 경전 소리 듣습니다
누구의 극락송인지 금강경 구절인지

속까지 다 비워낸 처마 끝 풍경 소리
뜨겁게 울음 울어 그칠 줄 모릅니다
시리던 눈물샘마저 맨바닥을 드러내고

얼마를 더 게우면 새가 되어 날까요
휘늘어진 노송도 나이테를 푸는 저녁
청아한 독경 소리는 가랑잎에 스며들고

벚꽃 엔딩

꽃이나 사람이나
확, 피는 일 쉬웠겠나

분홍빛 환한 속살 아찔한 경계 너머

화
    르
        르

달아오른다
봄날의 환한 방사

조금만 더
하루만 더
애타게 바라보다

절정의 오르가슴 뒤

허무하게 꺼진 불꽃

사랑도 저와 같더라
날리는 한 줌의 재

금강초롱꽃

세상의 숲속에서 길 잃고 헤매일 때
가만히 다가와서 등 하나 건넨 당신
아직도 보랏빛 마음 잊을 수가 없어요

밤마다 별꽃 꺾어 금강계단 곁에 서면
한 번은 다녀간 줄 짐작이야 하겠지요
누구를 사랑한다고 말해본 적 없지만

푸르른 맥놀이가 산등성 넘는 새벽
부서진 새소리로 흐린 눈귀 씻고 나면
보여요 아, 그 영롱한 천의天衣 걸친 모습이

맥문동

8월,
그 팔을 베고
꽃대 세워 올렸어요

염소 뿔도 녹인 더위
참다가 버티다가

마침내
보랏빛 눈물
그렁그렁 맺혔어요

자장매 설법

서쪽으로 가신 선사 오신다는 기별인지
발묵으로 그린 가지 달뜬 마음 왁자하다
꽃샘을 어르는 발길
곰비임비 드나들고

영축산 회오리가
단청빛 들깨운다
영각 안 기웃대며 법어 듣던 우듬지가
꽉 다문 꽃잎을 열어 진한 향을 흩뿌리고

강마른 몸피 속에 단출한 삶이 있듯
말은 없되 들릴 듯한 예저기 새긴 법문
옹이로 굳은 등걸이
오도송을 피운다

석화石花, 그 에피그램

박물관 뒷마당엔 지지 않는 꽃이 핀다
언 손을 비비며 온 새벽녘 그믐달이
돌탑 위 널린 통점을 조심스레 들추면

더께 걸친 저 남루도 저문 날엔 날개라서
주저 없이 걸쳐 입자 써지는 상형문자
초록빛 눈먼 시간이
점자처럼 번져온다

사람은 그 누구나 외로 선 작은 돌탑
끊임없는 비바람에 이름조차 잊혀도
한구석 우뚝 선 채로
꽃 피우며 살고 싶다

5부

뉴노멀을 읽다

간격에 대한 고찰

얘기 좀 들어보자
엄마는 몰라도 돼
팽팽한 전운이 집 안 곳곳 감돌아요
돌연 쾅! 문 닫는 소리
국경 그예 갈라놓고

팀장님은 야근하고 막내는 칼퇴해요
더듬더듬 길치족과 천리안 내비 세대
목표는 서로 달라도
나름 첩경 자부하죠

젊음이 상 아니듯 나이 듦도 벌 아니죠*
라떼와 N포 사이 놓인 벽 드높아도
이른 봄 쌓인 눈 녹듯
무너질 날 있겠죠

* 박범신의 소설 『은교』 속 대사.

골목

헝클어진 또 하루가 곡선으로 저물어요
두리번 읽히는 함수 같은 번지들이
오가는 발길들 따라 닫은 귀를 열어요

귀 어두운 전봇대가 부스스 눈을 떠요
너와 나 가로막은 거리를 가늠하듯
경계를 허문 직선이 막힌 숨을 뚫어요

막다른 바람벽엔 푸른 바다 그리세요
그루잠에 눈이 시린 파도가 뒤채일 때
골목엔 스타카토가 수면 위에 넘쳐요

신중년을 톺다

예식장이 있던 자리 요양원이 생겨난다
그 언젠가 설 곳 잃고 나도 저기 떠밀릴까
강마른 포푸리 향기
색깔로도 한몫할 때

한때는 잘나가던 조선소 명장 김 씨
면치레 안중 없이 급식소 줄을 선다
천 원에 한 끼 때우며
다시 꾸는 그날의 꿈

유엔 나이 66세 중년 시작 된다는데
내 의지 상관없이 꽉꽉 닫힌 금단의 문
해설피 그림자 키워 키 큰 담을 넘는다

집들의 시간

천민으로 살다가도 구중궁궐 꿈을 꾼다
새벽녘 동살 같은 반지하 햇살 바라
하루치 생을 이끌고 담쟁이가 벽을 넘듯

갭 투자 알박기에 여백이 모자라고
서성이는 계단을 승강기 늘 앞지른다
층수만 높인 집값이
후폭풍에 날아갈 즈음

사람을 벗은 공간 썰물처럼 멀어진다
곳곳에서 애면글면 모스부호 타전할 때
하룻밤 기와집 열 채
허물었다
지었다…

5G를 읽다

웅그린 테마주에 불기둥이 치솟는다
풋사랑 스쳐 가듯 물끄러미 보는 자리
광속도 열린 미래가 눈앞 바로 놓일까

들끓는 설레발에 당나귀 귀 죄 열린다
독수리 타법에도 신상 폰만 고집하는
신생의 데이터교가 신자들을 모으지만

새벽녘 골목길은 지팡이가 앞장선다
문명의 눈동자가 제아무리 밝다 해도
바닥을 두드리는 몸짓 잠든 동살 깨운다

트로트의 귀환

코로나가 파헤쳐 논 무저갱 암흑 속을
열풍인지 현상인지 성인가요 질주해요
네가 왜 거기서 나와,
두 귀 쫑긋 화답해요

배꼽이 깔깔대다 제자리를 이탈해요
보랏빛 엽서 속에 왕 다시 귀환할 때
입 모아 아모르 파티
떼창으로 열광해요

퇴로 없는 보릿고개 우울을 날려 보내요
트로트 박자 맞춰 콧소리도 섞어가며
외쳐요!
태클을 걸지 마,
출구 환히 보여요

성탄 편지

죄 많은 지구별에 사랑으로 오시는 이
우리 위해 오신다면 구원을 베푼다면
어린 날 달뜬 설렘을 다시 돌려주세요

소리 없는 읍소의 말 낮게 깔아 드립니다
이불솜 뜯어다가 트리 만든 시절들과
긴 세월 눈 속에 묻힌 내 발자국 찾아줘요

거리엔 연말연시 캐럴 송 숨죽여요
썰렁한 자선냄비 불꽃을 켜주세요
내년엔 광화문에도 꽃을 들고 가고파요

동선을 쫓다

누수를 감추던 강, 둑 허물고 범람한다
코로나 거친 물살 광장을 휘감을 때
술래만 종종거리며
미궁 속을 헤맨다

그럴싸한 어깃장에 갈 길은 아직 멀어
잠복기 지난 우울 거리를 뒤덮을 즈음
입들은 삐뚤어진 말
마스크 밖 내뱉고

그대가 앞장선 길 나 또한 기꺼이 술래
나날이 진화하는 민얼굴 죄 까발릴
적확한 동선의 단초가
레이더에 잡힌다

감정 대리

제가끔 하는 말이 성가실 때가 있어
조개껍질 다섯 개와 에비츄를 바꾸었다
까칠한 말의 가시가 가뭇없어 든든한

들끓는 속앓이 끝
툭! 뱉는 말보다는

한순간 꾹! 참으며
대신하는 이모티콘

좋아요,
품앗이하듯 하트 마냥 날린다

널리 퍼진 바이러스 혈거의 삶 재우친다
말도 많고 탈도 많은 세상사 규율 맞춰
오늘도 관심의 표현
타인에게 맡긴다

입춘 무렵

빈 공약 나불댄다
한강의 철새 무리

우북한 마른 울음
천지간을 꽉 메워도

왁자한
네거티브만
갈마드는 해토머리

뉴노멀을 읽다

1

돈 십만 원 송금하고 명절치레 끝이 났다

베개 밑까지 따라온 내 걱정 말라는 말

못 가서 더 보고 싶은

고향 하늘 보름달

2

비대면 권장량을 과복용한 취준생들

죄 없이 판결 없이 스스로를 가둬두고

쥐꼬리 클릭 또 클릭

원격으로 조종되는

3

마스크 한두 개는 여분으로 챙긴 가방

빵! 터진 유머에도 가려진 새하얀 이

아무도 상상 못 했다

이산가족 내가 될 줄

넝쿨에 관한 보고서

서로의 가는 방향 달라서 생겨났다
너는 좌로 나는 우로 실마리는 안 보이고
이렇게 꼬여버린 건 언제부터 였는지

누구는 칡넝쿨로 또 누구는 등넝쿨로
동쪽으로 서쪽으로 우리끼리 편 가르며
한배를 타고 싸우니 결과는 불 보는 듯

너의 창과 나의 방패 모순인 걸 알았지
갑과 을도 순식간에 자리바꿈 되는 세상
세상사 꼬여 있어도 엉킨 것은 풀어야지

단지斷指를 읽다

1

달콤한 초콜릿이 골골샅샅 뒤덮는다

달달함은 귀를 막고 흐릿한 눈을 가려

백지 위 선연한 혈서 간절함을 지운다

2

무명지 끝마디가 여백 속 파묻힌 날

하늘빛 어둡던 곳 심장 겨눠 꽂은 총성

하얼빈 플랫폼에는 일곱 개의 별이 떴다

역류하는 강 거슬러 그 자리에 서기까지

이 악물고 거행했던 단지의 깊은 뜻을

하늘을 가린 세상은 읽어내지 못하고

굴곡진 지문의 이력 돋보기로 보일까

어머니 옥중 편지 회자되는 순간 너머

낙관의 시린 마디가 혈맥 되어 뜨겁다

결핍과 허기의 기단에 세우는 희망의 돌탑

임채성 시인

아르튀르 랭보Arthur Rimbaud는 그의 시 「굶주림La Faim」에서 "상처 없는 영혼이 어디 있으랴"라고 노래했다. 삶이란 궁극적으로 서로가 서로에게 상처를 주고받는 과정의 총체임을 말해 주는 것이다. 랭보의 시구처럼 우리는 고통을 상처로 각인하면서 살아간다. 그런데 이러한 고통과 상처가 누군가에게는 새로운 예술적 가능성을 부여하는 창작의 영감이 된다. 그 가운데서도 시인은 삶의 고통에 대한 몸의 기억들을 순간적 잔상으로 포착해 새로운 이미지로 인화해 낸다. 그래서 시인은 자신의 존재론적 기원과 함께 오랫동안 겪어온 상처의 시간을 심미적으로 구성함으로써 고통의 기억이나 상처의 흔적을 치유하려고 한다. 이처럼 우리 삶을 반추하거나 투영하는 고통의 미메

시스는 시작詩作의 원천이자 과정이라 할 수 있다.

시는 원래 내적 경험의 순간적 형상화이다. 시인은 삶에 깊이 각인된 고통의 순간들을 통해 자신의 정신적 기원과 현재의 감정을 노래한다. 그런 측면에서 결핍과 부재는 시인의 자양분이라 할 수 있다. 결핍과 부재는 육체의 기억이기도 하다. 시인은 고통의 기억을 온전히 갈무리해 새로운 그리움의 정서를 표출한다. 시인의 고백은 결핍과 부재로부터 자유로워지고 해방되어 마침내 타자와 소통되는 내면의 발견에 이르게 된다. 시인은 자기가 속한 세계의 안과 밖을 동시에 꿰뚫어 보려는 욕망을 지닌 존재이기 때문이다. 따라서 욕망은 결핍과 부재에서 나오며, 그 욕망의 과정은 허기로 채워진다. 그러니까 그리움이 곧 허기인 셈이다.

곽종희 시인의 첫 시조집 『외로 선 작은 돌탑』에는 이러한 결핍과 부재의 기억에서 비롯된 헛헛함과 그리움의 정서가 짙게 깔려 있다. 결핍과 부재에서 역으로 발견한 삶의 희망을 노래하는 그의 시조는 고통과 상처의 시간을 은유적으로 복원하는 가운데 오래된 기억의 풍경을 시적 이미지로 완성해 나간다. 상처받은 영혼, 슬픔의 흔적을 따라가는 여정에서 자아에 대한 성찰과 희망의 가치를 추구하고 있는 것이다. 이를 위해 시인은 모성母性이라는 존재의 근원과 사랑이라는 서정성의 바탕에 대한 탐색을 통해 그것들을 그리움의 정한으로 승화시키는 태도를 견지함으로써 개별적 경험에 한정되지 않는 보편적 존재의 이미지들을 균형감 있게 보여준다. 오랜 시간의 풍경 속에 출렁이는 성찰의 과정에는 인간과 자연, 기억과 실재, 사물과 내면, 추상과 구체의 친화와 소통 과정을 역설하는 시적 사유가 함의되어 있다. 아울러 결핍과 부재의 기억에도 불구하고 정제된 정형 양식을 통해 흐트러지지 않는 삶과 희망의 의지가 깃든 '시 쓰기'를 지향한다는 점도 특기할 만하다.

이처럼 곽종희 시인의 시조는 융기와 침잠을 오가는 삶의 구심력과 원심력을 야무지게 결속하면서 이를 언어미학으로 승화시키는 시적 구도를 형성한다. 이를 통해 견딤과 치유의 미학을 유감없이 발현하고 있는 것이다. 그는 과거로부터 이어져 온 상처와 희망의 역학을 자신만의 목소리로 노래함으로써 보다 더 근원적이고 형이상학적인 세계를 우리에게 들려준다. 그 목소리에는 안태본 지향의 서사가 있으며, 일상에 편재한 불가해성을 치유하고 새로운 소통 가능성을 타진하는 역동성을 추구한다는 점에서 고무적이다.

1. 결핍, 또는 부재의 기억

곽종희 시조미학의 첫 번째 특징은 '어머니'라는 제재에 있다. 풍요와 안온한 삶의 이면에 스며 있는 고통의 애잔한 흔적들, 그것이 삶의 근원이라는 것을 시인은 '모성'이라는 은유를 통해 전한다. 랭보가 "상처 없는 영혼이 어디 있으랴"라고 노래한 것처럼 그는 우리에게 "어머니 없는 삶이 가당키나 하겠는가"라고 묻는 듯하다. 어머니가 없는 삶은 공허하고, 어머니가 없는 배경은 어둡다. 자식을 이 세상에 존재하게 만든 근원으로서의 어머니는 돌아가고 싶은 마음의 고향이자 안기고 싶은 귀의의 대상이다. 시인들에게 어머니란 존재는 생명을 점지해 준 모태이자 지울 수 없는 기억의 감옥, 새로운 미래를 비춰줄 거울 같은 존재라 할 수 있다. 곽종희 시인 또한 어머니에 대한 기억의 실타래를 풀어 애잔한 그리움을 자아낸다. 애틋한 기억과 경험을 바탕으로 존재론적 기원으로서의 모성 탐색을 통해 도저한 서정의 형상화를 기획하고 있는 것이다.

빨강 초록 비단결이 켜켜이 잠을 자도
정작엔 사십 년 된 낡은 이불 덮는 엄마
기실은 지난날들을 버리기 싫은 거다

아부지 미운 정을 촘촘히 누벼 넣고
자식들 보고픔도 땀땀이 바느질한
숨 죽은 그리움 한 채 덮고 사는 것일 게다

낡은 이불 한 채에 삐져나온 발이 열 개
흩어진 그 발들을 다독이는 꿈속에는
옥양목 시린 홑청이 서걱이고 있겠다
-「이불에 대한 소고小考」 전문

가족을 표현할 수 있는 말 중에는 '식구'가 있다. '식구'는 '한 집에서 함께 살면서 끼니를 같이하는 사람'을 이른다. 따라서 친족 관계가 아니더라도 한집에서 끼니를 같이하는 경우에 쓸 수 있는 말이다. 그렇다면 식구보다 더 가족적인 은유는 무엇일까. 곽종희 시인은 그것을 '한 이불'로 규정하고 있다. 식구가 '한 지붕'을 공유한다면 '한 이불'은 잠자리를 같이하는 것이기에 한층 더 살가운 친밀감을 나타낸다고 볼 수 있다. 「이불에 대한 소고」는 살과 살이 맞붙는 가족애와 그 친밀감에 대한 기억으로부터 출발한다. "사십 년 된 낡은 이불"을 덮는 '엄마'의 속마음은 "지난날들을 버리기 싫은" 것이다. 낡은 이불에는 "아부지 미운 정을 촘촘히 누벼 넣고/ 자식들 보고픔도 땀땀이 바느질한/ 숨 죽은 그리움"이 내재되어 있기 때문이다. "삐져나온 발이 열 개"나 되듯 다섯 자식이 '이불 한 채'를 함께 덮고 살던 지난날의 기억 때문에 엄마는 비단 이불을 '켜켜이' 두고서도 오로지 '낡은 이불'만을 고집하는 것이다. 남편과 자식의 부재 앞에서 살갑던 시절에 대한 그리움을 낡은 이불을 덮고 자는 것으로 달래는 화자의 '엄마'가 간직한 곡진한 그리움의 정서는 그대로 시인에게 빙의된다. 이른바 그리움의 대물림이다.

처마 밑 흔들대며 바싹바싹 말라가는
질겨진 아집들을 오래도록 삶습니다
까마득 잊힌 기억이
뽀글뽀글 솟습니다

수돗물로 배 채워도 함께여서 힘이 나던
출출한 밥상머리 덩그러니 놓인 성찬
된장에 버무린 손맛
어머니의 시래깃국

앞만 보고 달린 길을 이제야 돌아봅니다
다 잊힌 유년처럼 다시 산 마른 잎이
텁텁한 입맛 돋웁니다
바로 이 맛
완경完經입니다
—「시래기를 삶으며」 전문

베란다에 처박아 둔 봉지에서 싹이 났다
쭈글쭈글 몸피에서 피워낸 어린싹이
죄송한 느낌표 하나 나 대신 치켜든다
–「검정 봉지 속사정」 부분

엄마가 가족을 그리워하듯 시인은 그 엄마를 그리워한다. 어머니의 손맛은 마음이 허기지고 채워지지 않을 때 숟가락 하나 들고 찾아가는 추억과 그리움의 샘이다. 어머니의 손맛에 대한 그리움은, 점점 팍팍해져 가는 세상에서 인정과 살맛에 대한 동경이기도 하다. 「시래기를 삶으며」는 어머니의 손맛에 대한 기억과 단순하지만 정성이 가득 담겨 있던 밥 한 그릇에 대한 그리움을 표현하고 있다. "수돗물로 배 채워도 함께여서 힘이 나던" 시절, "출출한 밥상머리 덩그러니 놓인" "어머니의 시래깃국"은 '손맛의 성찬'이었다. "앞만 보고 달린 길을 이제야 돌아보"는 작은 여유는 '완경'에 이르렀기에 가능하다. 완경은 여성의 폐경을 완곡하게 이르는 말이다. 바쁘게만 살아오다 한발 물러서서 자신을 돌아보며 세상을 관조하는 나이, 그것이 완경의 순간이다. 시래기는 기력이나 정신이 한풀 꺾인 중년의 모습을 의인화한 것이지만 "질겨진 아집들"을 삶아 물러지게 함으로써 다시 살아나는 활력에 대한 메타포로 작용한다. 어머니의 손맛을 통해 '사는 맛'을 알게 된 깨달음의 시점이자 어머니

와 같은 완숙한 손맛의 경지에 이르렀음을 의미하는 것으로도 읽힌다. 우리에게 가장 익숙한 '집밥 문화'의 정서를 바탕으로 따뜻한 밥상과 손맛의 기억을 불러일으켜 삶의 깨달음으로 이어가고 있는 것이다.

영혼까지 채워주는 인생의 한 끼를 찾아 떠나는 시인의 여정은 「검정 봉지 속사정」에도 잘 드러나 있다. 어머니가 "아껴두신 씨감자"를 받아 왔지만 "진즉에 물려" 먹지 않고 "베란다에 처박아 두"었는데, 그 봉지에서 '싹'이 난 것이다. 어머니의 마음을 몰라준 것에 대한 회한의 "어린싹이/ 죄송한 느낌표 하나나 대신 치켜드"는 상황은 깊이 있는 자아 성찰을 통해 마음가짐을 되새기는 절창이다. 그런 관점에서 이 두 편의 시조는 서정시의 본질에 대한 진지한 고민을 일깨워 줄 만큼 번뜩이는 시적 사유가 담겨 있는 가편이라 하겠다.

성글게 짠 툇마루에 어머니가 앉으셨다
더께 앉은 시간 속엔 건널목이 생기는지
끝 모를 블랙홀 속으로
기억들이 새고 있다

컴컴한 심연의 틈 볕살 겨우 숨 트는 날
손 꼭 잡고 눈 맞추고 속내도 비춰보다

어쩌지 못하는 나는
웃다가도 목이 메고

감물 든 잎 다 떨어져 떠나실 때 다다르면
걸음마저 서툴러서 저 너머 길 잘 가실까
또다시
거친 어둠이
시곗바늘 멈춘다
–「틈」 전문

자신의 존재가치를 탐색하는 과정으로도 볼 수 있는 모성 회귀의 그리움은 어디에서 비롯되었을까. 그것은 부재의 시간을 예감하는 순간부터이리라. 유한 존재인 인간에게 이별과 상실은 필연적이지만 그것을 인식하는 순간, 그 고통은 더욱 커지게 마련이다. 인간은 누구나 생로병사의 라이프 사이클을 가진다. 소멸의 순간에 다가갈수록 병중의 시간이 길어진다는 것은 자명하다. 위의 작품 「틈」에서도 소멸을 향해 한 걸음씩 다가가는 병중의 초조함과 애틋함이 진하게 묻어난다. '툇마루'에 앉아 계신 어머니는 알츠하이머와 같은 노인성 치매로 인해 "끝 모를 블랙홀 속으로/ 기억들이 새고 있"는 상태이다. 그러한 블랙홀의 시간은 언제나 "컴컴한 심연"일 수밖에 없다. 그러나 가끔은 잠깐 온전한 정신을 되찾을 때가 있다. 그렇게 "볕살 겨우 숨 트는 날"은 "손 꼭 잡고 눈 맞추고 속내도 비춰"본다. 하지만 웃고 있어도 눈물이 나는 '페이소스'의 감정은 어쩔 수 없다. "감물 든 잎 다 떨어져 떠나실 때"가 가까워오면서 서투른 걸음으로 "저 너머 길 잘 가실까"라는 의문까지 들기 시작한다. 어머니의 상실과 부재를 예감하는 순간 화자는 모든 것을 멈춘 채 어둠에 휩싸이고 만다.

시인이 예감하는 상실감의 근원은 모성적 본성을 가진 고향이기도 하다. 모성 회귀의 본능은 결국 고향 회귀의 본능과도 맞닿아 있는 것이다. 이제는 돌아갈 수 없는 고향 마을, 즉 안태본에 대한 그리움이 결핍과 부재의 근원이라는 이야기다. "휘돌던 골목길이 난데없이 가라앉고/ 솟을대문 고가古家는 동산 위에 진을 치"는 「임동 수몰 지구」와 "거슬러 오지 못한 물길 같은 회한이/ 구멍 난 창호 문에 그림자로 남"은 '고향 집'을 떠올리게 하는 「두들마을에서」에는 시인의 이러한 고향 회귀의 본능이 잘 드러나 있다. 이렇듯 곽종희 시인은 결핍과 부재의 근원을 찾아가 그것과의 관계를 포기하지 않으려는 동질성의 서정미학을 통해 버티고 견디는 화자의 모습을 우리에게 보여준다.

2. 허기, 혹은 그리움의 현실

결핍과 부재로 인한 상실감의 가장 극대화된 감정을 우리는 흔히 절망이라 부른다. 절망이란 바라볼 것이 없게 되어 모든 희망을 끊어버리거나 희망이 끊어진 상태를 의미한다. 희망이란 무언가를 바라는 욕망이기 때문에 욕망의 부재는 곧 절망이라 할 수 있다. 프로이트S. Freud는 자기보존적 본능과 성적 본능을 합한 삶의 본능을 에로스Eros라 했고, 공격적인 본능들로 구성되는 죽음의 본능을 타나토스Thanatos라 했다. 타나토스는 바로 이 견딜 수 없는 상실감에 근원을 두고 있다. 반면에 상실감에 대한 에로스적인 대응은 그리움이라는 정서로 표출된다. 부재하는 대상에 대한 욕망을 받아들이고 이것을 삶에 대한 에너지로 삼을 때 인간은 그리움이라는 감정에 빠져든다. 욕망이 소진되지 않는 한 그 잃어버린 것들에 대한 애착을 갖는 것은 어쩌면 당연한 일일 것이다. 바로 이런 이유로 우리는 매일 무엇인가와 이별하며 살아가고 있는지도 모르겠다.

둘로 쪼개 나눠 가진
외쪽의 청동거울

보고픈 마음 달래 닳도록 닦았는데

하늘에

걸어놓아도

찾아오질 않으니

–「반달」 전문

그렇다면 근원적 그리움의 단초는 어디에서 찾을 수 있을까. 딱히 이거라고 함부로 말할 수는 없지만 어쩌면 하나의 의문부호가 그 실마리일 수도 있겠다. "그대가 건넨 떡밥/ 사랑인 줄 덥석 물다// 아차차 싶은 순간/ 제대로 코를 꿰인// 거꾸로/ 뒤집어 봐도/ 미늘이 된 사랑아"(「?」)가 그것이다. 한순간에 "코를 꿰"버린 사랑이라는 낚싯바늘과 그 사랑이 달아나지 못하도록 걸쇠 역할을 하는 미늘은 화자의 삶을 옭아맨 사슬이자 감옥인 셈이다. 이러한 진술의 이면에는 현재의 삶이 화자가 원했던 사랑의 참모습과는 거리가 있다는 의미가 깃들어 있다. 그래서 '검은 머리 파뿌리 되도록' 백년해로를 기약하던 모습은 온데간데없는 현실을 '반달'로 형상화하고 있는 것이다. "둘로 쪼개 나눠 가진" '거울'은 한마디로 '파경'을 의미한다. 중국 고사에서 유래해 사랑하던 남녀가 헤어지는 것을 뜻하는 이 말이 아픈 건 영이별을 의미하기 때문이다. "외쪽의" 거울을 "닳도록 닦아" "하늘에/ 걸어놓아도/ 찾아오질 않으니" 그 안타까운 마음이 오죽하랴. 하늘에 걸린 반달이 깨진 거울로 발현하여 고독감과 그리움을 증폭시키고 있는 것이다.

「반달」에서 보여준 '파경'의 이미지는 TV 프로그램으로도 옮겨진다. 「우리 이혼했어요」 속의 화자는 "둘이 서로 변치 말자 하늘 걸고 맺은 언약"이 "둥지를 틀지 못한 원앙"이 된 상황을 아프게 지켜본다. '님이라는 글자에 점 하나만 찍으면 남이 된다'는 노랫말처럼 "하찮은 그 점 하나 밖으로 찍지 못해" "루비콘강 건너는" 사연들이 "남의 일 같지 않"음에서 심리적 동요를 일으킨다. 곁에 있어야 할 동반자의 '빈자리'가 커질 때 그 외로움은 그리움으로의 화학적 변화를 일으키는 것이다.

며칠을 더 버틸까 간절한 바람에도
한 생의 조각들이 고빗길 넘어간다
이따금 멈추는 발길
바람이 등 떠밀고

빠져들지 않으리라 다짐도 속절없어
눈시울 느루 적시는 꽃들이 남긴 유서
열렬한 사랑의 끝엔
왜 늘 아픈 이별인지

나비처럼 간다면야 가뿐히 잊어주마
이 생의 기억들은 낮달로나 걸어두고
저무는 산길에 앉아
나도 지는 어느 봄
-「꽃비는 내리고」 전문

따뜻하고 아름다웠던 '꽃시절'의 기억들은 언제나 되돌려 놓고픈 갈망의 대상이다. 그래서 시인은 꽃이 피고 이우는 상황을 사랑의 개화와 몰락으로 자주 환유한다. 불타오르던 사랑이 한순간에 차갑게 식어버리는 정황을 「벚꽃 엔딩」에서 "절정의 오르가슴 뒤/ 허무하게 꺼진 불꽃"으로 표현한 것처럼 말이다. 위의 시 「꽃비는 내리고」는 이별 뒤에 겪는 고독과 고립감을 역시 꽃이 지는 풍경으로 그려내고 있다. 표면적으로는 꽃이 지는 "어느 봄"날의 안타까움을 묘사하고 있지만 그 속에 "열렬한 사랑의 끝"에 겪는 "아픈 이별"을 숨겨놓고 있는 것이다. 「벚꽃 엔딩」에서 묘사된 "화/ 르/ 르"라는 정서적 고양감은 없지만 "저무는 산길에 앉아" '꽃비'가 흩날리듯 감정의 추락을 겪고 있는 것이다.

이처럼 꽃의 한살이에 이입된 고독과 적막의 정서는 "아스라한 기억 너머 문패가 된 이름 하나/ 아직도 오도카니 앉아/ 꽃 피는 날 기다리"(「계절의 뒤란」)다가 "까무룩한 기억 모아 흩

림체로 쓰는 유서"(「유리창에 내리는 비」)로 이어진다. 이는 다시 "세상의/ 모든 그리움/ 너에게로 터지"(「홍매 기별」)는 새로운 꽃 소식을 기다리게 만든다. 상실의 기억은 현실 속 외로움으로 이어져 외로움은 허기를 낳고, 허기는 그리움을 낳고, 그리움은 기다림으로 반복 치환되고 있는 것이다.

박물관 뒷마당엔 지지 않는 꽃이 핀다
언 손을 비비며 온 새벽녘 그믐달이
돌탑 위 널린 통점을 조심스레 들추면

더께 걸친 저 남루도 저문 날엔 날개라서
주저 없이 걸쳐 입자 써지는 상형문자
초록빛 눈먼 시간이
점자처럼 번져온다

사람은 그 누구나 외로 선 작은 돌탑
끊임없는 비바람에 이름조차 잊혀도
한구석 우뚝 선 채로
꽃 피우며 살고 싶다
─「석화石花, 그 에피그램」 전문

곽종희 시인에게 그리움이란, 부재하고 사라져 가는 것들이 주는 결핍과 상실감을 보상하고 그 존재에 대한 희망을 잃지 않으려는 정신적 고투이며, 이를 통해 각박한 삶을 긍정하고 생명을 추동해 내는 에너지로 작용한다. 그 에너지는 결국 새로운 삶에 대한 긍정적인 세계관을 형성하는 기반이 되는데, 이러한 사유는 「석화, 그 에피그램」에 잘 드러나 있다. 유한성의 존재이던 꽃이 여기서는 "지지 않는 꽃"으로 영원성을 획득한다. '석화'는 말 그대로 '돌에 핀 꽃', 즉 이끼와 같은 지의류를 가리킨다. "돌탑 위 널린 통점"을 덮고 있는 것이 '돌꽃'이다. '덮고 있다'는 것은 드러내고 싶지 않은 치부로서의 상처를 가려준다는 의미와 그 상처를 다독이고 어루만져 아물게 한다는 의미를 동시에 품고 있다. 그 때문에 "더께 걸친 저 남루도 저문 날엔 날개라서" "눈먼 시간"이나마 "초록빛"을 번져나게 만든다. 곳곳에 '통점'을 가진 돌탑도 비록 '남루'지만 돌꽃을 입으면 '초록의 시간'을 예감할 수 있듯, 사람도 "그 누구나 외로 선 작은 돌탑"이기에 돌꽃 같은 "꽃 피우며 살고 싶다"는 바람을 피력하고 있는 것이다. 이는 지나간 시간들에 붙들려 있지 않고 새로운 미래로 나아가겠다는 극복의 의지이자 상승으로의 전환이다. 그래서 제목에도 '에피그램'이라는 메타포적 언어를 새겨 넣은 것이리라.

3. 귀의, 그리고 희망의 변주

이렇듯 곽종희 시인의 시조를 읽으면 애틋하고 안타까운 감정과 가슴속에 똬리 튼 고통의 심연이 느껴진다. 하지만 그 고통은 나락으로 떨어지지 않고 새로운 희망의 힘으로 전환된다. 타나토스의 절망에 기대기보다는 그리움이라는 에로스의 힘을 포기하지 않기 때문이다. 곽종희 시인에게 시조는 바로 이렇게 상실감과 그것으로 인한 고통을 견디게 하는 그리움의 힘이다. 삶의 신성한 가능성을 나직하고 아름다운 목소리로 노래하며 삶의 비극성을 새로운 생성적 경험으로 탈환함으로써 상상적 충일로 나아가는 것이다.

찾지 못한 꽃입니다 숨어 피는 보살의 꽃

일체가 유심조라 마음에 달렸다죠

불두화 환한 길 따라 장경각에 오릅니다

진흙탕 구르면서 연꽃 찾아 헤맸지요

눈에 뵈는 이 꽃 저 꽃 욕심으로 기웃대며

무량겁 쫓아다녀도 보지 못한 육바라밀

십육만 도자 경판 화엄의 꽃입니다

하나 안에 전체 있고 티끌 안에 우주라니

미로 속 일승법계도, 문득 나를 깨웁니다

–「화엄 동산」 전문

곽종희 시조미학이 견지하는 또 하나의 특징은 불교적 사유에 있다. 이 시집에서는 불교적 세계관에 바탕을 둔 웅숭깊은 내면적 성찰의 세계를 다수 엿볼 수 있다. 시인은 세계를 다른 방식으로 이해하는 언어의 구도자라고 할 때, 이들은 수행자들과 마찬가지로 세상을 이해하는 것이 아니라 포용하려는 사람들이다. 독자를 대상으로 자신의 구도적 삶과 사물에 대한 창조적인 시선을 보여주는 선사禪師가 시인인 셈이다. 곽종희 시인 또한 결핍과 부재의 하강된 정서를 희망과 긍정의 상승 국면으로 선환시키기 위한 인식의 기저로 불교적 사유를 차용하고 있다. 인식의 기반을 불교적 사유에 둠으로써 정신적 깊이에 천착하려는 시도로 보인다. 이는 시인의 치열하고도 자유로운 정신이 문학의 지향점과도 부합하기 때문일 것이다.

20년에 걸쳐 완성한 '16만 도자대장경'을 보관하고 있는 통도사 서운암의 장경각에서 느낀 소회를 읊은 「화엄 동산」은 이러한 불교적 사유의 출발점이라 할 수 있다. '일체유심조'의 화엄 사상에 귀의함으로써 잠들어 있던 자아를 깨운다. "눈에 뵈는 이 꽃 저 꽃 욕심으로 기웃대"도 "보지 못한 육바라밀"을, 화엄 사상의 핵심만 간추려 그림으로 응축시킨 '화엄일승법계도'와 같은 '도자 경판'에서 발견했기 때문이다. 진리의 발견은 곧 깨달음이다. "하나 안에 전체 있고 티끌 안에 우주"를 품은 화엄의 꽃이 화자의 가슴에도 활짝 피어나고 있는 것이다.

뿌리째 흔들리던 바람마저 삭아질 때
달리던 발길을 한 호흡 돌려본다
몽매의 밤길을 걷다
돌아온 탕자처럼

종점도 다시 보면 출발점이 되어 있고
비로소 연기 없이 노을로 타고 있는
유폐된 우리의 삶도

여기서는 시작이지

어느 섬에 닿더라도
거슬러 가진 못해
물살의 언저리 흐르고 흘러가서
강에서 멀어질수록 가까워진 꿈 하나

밤사이 내린 별을 결 곱게 갈아 만든
금물빛 물비늘로 시 한 수 그려 넣고
갈대꽃 묶은 붓으로
경전 한 줄 쓰는 강
–「하구」 전문

위의 시 「하구」는 종교적 색채가 짙은 경건한 사유를 기반으로 인생의 변환점을 잘 보여준다. 시인의 간결한 목소리는 강물 소리로 변환되고 있으며, 늡늡한 시어 속에는 따뜻한 성찰을 채워 내면의 평화와 새로운 출발을 그리고 있다. 괴로웠던 기억은 시간이 흐르면서 그리움으로 전환되듯 상처가 아문 자리에 새살이 돋는 새로운 인식의 경험은 화자에게 평안을 선사한다. 여울져 흐르던 물이 잔잔해지며 바다라는 새로운 세계로 나아가는 기착지가 되는 곳이 강의 '하구'이다. "뿌리째 흔들리던 바람마저 삭아지"고 "종점도 다시 보면 출발점이 되어 있"는 곳, 그곳은 "유폐된 우리의 삶"이 풀려나 새로운 '시작'을 맞는 곳이다. 강물이 강을 벗어나 바다로 흘러 들어가듯 '섬'이라는 "꿈 하나"에 가까워지는 것이다. "시 한 수 그려 넣고" "경전 한 줄"을 쓰는 작가의 꿈, 그 꿈을 향해 도저하게 흐르는 큰 강의 이미지가 시인이 그리는 미래이리라. 또한 "설원의 처녀지를 완주한 등반의 길/ 세상 밖은 두렵지만 갈림길은 익숙해요/ 역경을 경력으로 쓴/ 늦어버린 졸업장"(「하산하다 - 방송대를 졸업하며」)도 닫힌 현실을 벗어나 새로운 세상을 찾아가는 출발의 이미지로 발현되고 있다.

감성과 지성이 시소 위에 앉아 있다
팽팽한 힘겨룸 끝, 갈 길 몰라 헤매는 펜
한 자도 못 메운 여백
낮빛 사뭇 창백하다

수다와 침묵 사이 평작과 가작 사이
가슴에게 길을 물어 기울기를 조정할 때
곰삭은 한 줄의 생각
그마저도 날아가고

버겁다 내팽개친 삶의 무게 그러안고
머리 질끈 동여맨 채 눈귀 곧추 세울 순간
때맞춰 시소가 기운다
원고 하늘 닿는다
—「시작詩作, 시소 타기」 전문

'시인의 말'에서 시인은 시 쓰기의 과정을 시조 형식으로 풀어놓았다. "가슴과 손끝 사이 거듭된 헛손질 뒤" "꼬소한 말부림"을 채워 "이제야 제맛"을 냄으로써 독자들에게 "한술 드셔 보실래요?"라고 청유한다. 첫 시집에서부터 자신의 정체성과 나아갈 방향을 확고하게 어필하고 있는 것이다. '섬'으로 형상화된 새로운 꿈을 찾아가는 강물의 행보를 "갈대꽃 묶은 붓"으로 그려낸 「하구」의 이미지는 자신의 '시작詩作'을 구체화해 보여주기 위한 애피타이저였는지도 모른다. "감성과 지성이 시소 위에 앉아" "팽팽한 힘겨룸"을 하는 창작의 과정은 지난하다. 하지만 "버겁다 내팽개친 삶의 무게 그러안"는 그 시간은 "눈귀 곧추 세"워 삶을 바루는 일이기도 하다. 언어를 닦고 갈무리하는 것처럼 제 안에 떠돌고 있는 불안과 공허, 허기와 갈증을 달래줌으로써 삶의 기둥을 바로 세우는 것이다.

시인으로서의 간절함은 다른 시편에도 잘 드러난다. "내 가슴엔 말이 없어/ 남들 울릴 말이 없어// 현실과 상상 사이/ 엿보다 찔러보다"(「필사하다」) "끝내는/ 바위를 뚫어/ 새겨지는 불립문자"(「퇴고」)에 이른다. 이처럼 시인에게 시는 끊어버릴 수 없는 '운명'이자 고통을 숙성시키는 '발효의 과정'이라 할 수 있다. 시를 쓰는 그 순간 시인은 존재하고, 시로 인하여 과거의 기억이 깃털만큼이라도 가벼워지기를 갈구하는 마음을 느낄 수 있기 때문이다. 이처럼 곽종희 시인에게 시 쓰기는 자기 치유의 한 방편으로 기능함으로써 시인의 삶과 떼려야 뗄 수 없는 불가분의 관계로 맺어져 있다 하겠다.

1
돈 십만 원 송금하고 명절치레 끝이 났다
베개 밑까지 따라온 내 걱정 말라는 말
못 가서 더 보고 싶은
고향 하늘 보름달

2
비대면 권장량을 과복용한 취준생들
죄 없이 판결 없이 스스로를 가둬두고
쥐꼬리 클릭 또 클릭
원격으로 조종되는

3
마스크 한두 개는 여분으로 챙긴 가방
빵! 터진 유머에도 가려진 새하얀 이
아무도 상상 못 했다
이산가족 내가 될 줄
–「뉴노멀을 읽다」 전문

결핍과 부재의 기억을 딛고 흐트러지지 않는 삶의 의지를 바로 세우려는 곽종희 시인의 눈은 이제 과거에서 현재로 향한다. 닫힌 내면에서 벗어나 열린 세상을 향해 밖으로 관심을 돌리는 것이다. 그런데 곽종희 시인은 이 현실 세계를 긍정적으로 인식하지 않고 있다. 새로운 출구를 찾기 위한 그의 현실 인식은 미래에 대한 불안을 일차적 감성으로 대응하는 것으로 나타난다. 코로나19 팬데믹을 계기로 우리 경제사회는 누적된 구조적 문제를 해결하고, 패러다임을 전환해야 하는 이중적 과제에 직면해 있다. 그것이 포스트코로나 시대의 새로운 질서와 체제, 즉 '뉴노멀'이다. 그러한 과제 앞에 함께 서 있는 시인의 의식은 그래서 이 세계를 밝고 건전한 이상 세계로 그리지 못하고 있다. 「뉴노멀을 읽다」는 이러한 불안 시대의 자화상이라 할 수 있다. 팬데믹으로 인한 비대면의 일상화가 바꿔놓은 일상의 풍경들은 이처럼 삭막하고 건조하기까지 하다.

불안한 현실을 시인이 감각할 때 그가 할 수 있는 것은 무엇일까? 여기서 곽종희 시인은 그 절망감을 노래하며 비극적 종말을 예언하는 예언자가 되기를 거부한다. 불안과 공포의 감정을 파괴적이고 충동적인 이미지로 변형시킴으로써 전통적 휴머니즘 대신, 현대사회의 일그러진 모습들을 이미지화하는 것이다. 겉으로는 유토피아로 나아가고 있는 것처럼 보이는 이 세계가, 실은 온갖 사회적 병폐와 구조적 문제(「신중년을 톺다」「집들의 시간」), 계층 또는 세대 간의 갈등(「간격에 대한 고찰」「감정 대리」「넝쿨에 관한 보고서」) 등의 혼란을 겪고 있는 디스토피아라는 현실 인식이 강하게 작용하고 있기 때문이다. 이러한 사회적 현실에도 눈을 돌릴 수 있다는 것은 곽종희 시인이 선험적 상상력에만 의존하는 과거지향의 시인이 아니라는 사실을 실증한다. 전통이 거부되고, 가치가 전도되고, 유희적 쾌락만을 추구하는 과도기적 '뉴노멀' 사회에 대한 사회비판적 시각은 이후의 창작 활동에 있어 새로운 지평을 여는 디딤돌이 되어줄 것이다. 다만, 주제의식의 과잉으로 인해 직설적이고 진술적인 언어들로 이루어진 여과되지 않은 날것의 표현들은 좀 더 다듬어나가야 한다는 숙제도 안고 있다.

* * *

이상에서 두루 살펴본 바와 같이 곽종희 시인의 시조에는 삶의 체취가 깊이 배어 있다. 그 체취의 본바탕은 아련한 슬픔이나 우수의 감정 같은 것들이다. 그런 면에서 생활인의 땀방울보다는 사색인의 눈물 쪽에 더 기울어 있다는 느낌을 받는다. 트로트나 댄스 음악의 경쾌함보다는 발라드 음악의 애수를 더 닮아 있다고도 하겠다. 답답하고 지루한 일상에서 "탈옥의 꿈"을 꾸는(「옷가게, 희망사항」) 곽종희 시인이 견지하는 시적 태도는, 결핍과 부재의 불안한 인식 세계로부터의 탈출을 감행함으로써 지금껏 언급한 몇몇 주제와 만나고 있다. 그렇게 시인의 평소 인식과 행동의 양태, 그에 따른 세계관, 확장되는 미래상 같은 것들을 이미지화하는 것이다. 그 때문에 인간의 삶과 굴곡진 기억들이 마주하는 시간과 공간적인 정서를 애착이나 동변상련의 새로운 질서로 직조하려는 시인의 노력은 미덥다.

한 시대를 살아오면서 경험한 시간, 가족에 대한 애잔한 추억, 여행지에서 만난 풍물들, 코로나19 팬데믹을 겪은 뉴노멀 사회의 모습 등 인간적인 따뜻함을 추구하는 그의 시조는, 조금은 거칠고 투박한 감이 없지는 않으나 보편적이고 절실한 삶의 초상들이 진솔하게 녹아 있다. 진부한 일상에서 깨달음을 구하는 질박한 언어로 결속된 여러 시편들은 삶의 그늘진 곳에 희망을 지피며 공감을 선사한다. 세상 앞에 자신의 이름을 알리는 첫걸음이 될 이 시집이 더 큰 미래로 나아가는 징검돌이 되리라 믿는다.